三日月が小舟

歌集

古賀大介

六花書林

三日月が小舟 ＊ 目次

I

ゆく道 11
力こぶ 16
人間ひとつ 20
ああああっ 24
慎重に 27
バランス 31
ひりひり 35
ファの音がする 39
ブロッコリー 42
雨粒よしよし 47

II

かんがえる　53
ただしい顔　58
夜の眼に雨は　61
サンタクロース　65
ゆめ　70
この一つぶん　74
ひらいてとじて　78
条件反射　81
光は匂う　85
雲、浮かぶ部屋に　90

III

小枝の先っぽ　103
輪廻転生　106

きっちりと　110
綿　棒　113
ささやか　117
冷えますね　122
熊本地震　125
春の雨　128
不規則　132
ざらつく　136
震災、その後　141

IV

三日月が小舟　147
しゃんと踏まねば　150
サヨナラ　156

蜜柑の皮 160
ドリンクバー 165
鼻先が鳴る 168
ベクトル 172
「あ」の言葉 176
天を仰げど 181
約　束 184
鳥になる 188
あかるいほうへ 193

跋　小池　光 197

あとがき 203

装幀　真田幸治

三日月が小舟

I

ゆく道

五月雨の夜の窓辺に立ちている私は何のつづきだろうか

紫陽花が庭にやさしく咲く頃に痛みのように思い出す雨

注文しソース焼きそば待っている街の一部になって私は

雨、滴、雨、滴して手のひらに君の言葉がしみじみとある

キーワードみたいにドアが開いている風の匂いも何処からかする

二丁目の駐車場にてすれ違う猫の尻尾の丸まっており

粒粒の朝陽の向こう向こうって指差すように咲いている花

ゆく道の信号一つ青になり一歩近づく約束の日へ

力になる今日の意味とか考えずしっかりと嚙む野菜炒めは

西に日は沈みて小さき踊り子がステップを踏むように吹く風

窓の灯にそれぞれ暮らしある事をほつほつ思いほつほつ歩く

屋根の上の月は満月しなやかな決意の前の静寂である

トンネルを抜けたと思う希望的観測なれど靴音かるし

力こぶ

理由付け出来ぬ感情ポケットに戦っている飴玉二つ

窓に立ち光のうごく音を聴く記憶の横の金魚は跳ねて

言わなくてもいいことを言ってしまった。

切り出した「実は」のあとに雨が降る正直者は誰なんだろう

スクロールしてゆく街と街の灯と窓はやさしい今日はやさしい

耳たぶのたぶがぽろっと取れそうで市役所前で飲み込んだガム

「いいです」に「よ」が付いたとき肯定か。いや、ニュアンスの森に迷って

路上にて鼻のあぶらは浮いておりぺむぺむわらう八月の窓

若い頃、引き摺っていたことの一つ、二つ。

鴉鳴くかなしい声に赦されぬ事の幾つか思い出したり

熊蟬は一心にその朝を啼きわたしはいつもの生活をする

「継続は力なり」とは思えども何処へゆくのかその力こぶ

人間ひとつ

「くっくっ」と夕暮れ時に鳴く鳥よ誰がおかしい何がおかしい

縁取りのプラットホーム窓越しにわれのあたまがぽつねんと居り

電柱はくすりともせず工事中で代わりにわれわれの靴がくすりと

夜は来て朝は来てまた夜は来てふーっと心を折り畳みます

コラージュの世界に入れた一本の傷で地球の音がつるつる

世の中はふくざつだ。

空想はそして甘味を帯びてゆくぽとりぽとりと降る雨の中

ぐびぐびと黒きコーラを飲む昼の冷蔵庫前すこしひんやり

ああ次の助走になるかならぬかのボーダーライン上にいる秋

ひたすらにペダルを踏んでいた頃の夕風だろう前をゆくのは

秋風の中に言葉を探しつつ人間ひとつ夕暮れひとつ

あああっ

転がっているシャーペンもボールペンも定位置である今日の予定の

出会いは不思議なり。

偶然は丸い形をしていますあああっと言う白き犬おり

薄雲のそら楽しいか悲しいか苦しくないか肉まんを食みつつ

動かねば変わらぬこともあるだろう夕焼けのバス県道をゆく

鱗雲のでっかい空の片隅の小さな町の窓の内側

そしてまた居なくなります黄昏に鴉、かあさんかあさんと言い

ピーマンが嫌いであった頃よりも記憶に残る夕空のいろ

慎重に

少年である。忘却の風のなかフラッグ揺れる白いフラッグ

約束は十一月の空にあり仄明るしとメモ帳に書く

やわらかな歌を詠みたし町に吹く薄いブルーを鼻先で吸う

国道のあっちはどっちこの前の映画みたいな雲よわらうな

あれから二十年が経った。

上り坂を歩くわたしは残像だ額をくっと突き出している

振り出しに戻りましたと塀にいる猫がときおり舐める肉球

土曜日のベッド、日溜まり、ラジオから声ゆるゆると綿棒を出す

夕方に漂う秋の切れ端を回す人差し指よ　慎重に

ひとり言は風の中。

夜の路の真中は光るよし、よし、と不意に動かす唇のあり

ゆるく手を伸ばすセカイはその前のその前からの射程の続き

バランス

靴下を穿く脱ぐなどを繰り返しつつちちぷぷと一年は過ぎ

飴玉を口に入れたる我を見下ろして白雲一つちぎれる

許す、許されるではなく。

まだ窓にこだわっている　煩悩が小雪のように降る昼下がり

バランスをとりつつ思う不器用な少年の日の教室の窓

壁ぎわで「認めますか」と迫り来る初夢らしい君のくちびる

ゆく道の街灯も冬、冬だろうカレーの匂いどこからか浮く

うーんうーんと換気扇のおと残像を深く吸い込む九時二分ごろ

乱反射する月明かり追憶はガードレールの水滴の上に

救急車不思議な声を上げながら二丁目の坂のぼるがんばれ

ひりひり

不手際の尾を引いている二十二時前のあたまよまたかお前は

普通とは何であろうか人々の顔顔顔の雑踏のなか

錠剤を飲む朝のあり昼のあり寝る前のあり銀色の雲

冬野にて猫の鳴き真似する人の悲しい貌(かお)に日の落ちてくる

曖昧な夜の先っぽ　浮いている傷なんだろうか自販機の灯は

雨音がメロディーだから指先に灯る私のしずかなきもち

時間、時間、時間。

あの日あの日なんにもなくてなにもかもわからなかったおそろしかった

ひりひりと非力に上も下もなく群青色の社会を生きる

そしてまた頭上を白き風船が飛ぶ冬の日の残像として

君はわたしではない。

空き缶の凹みを指でたしかめて雨の中あと五分だけ待つ

ファの音がする

がんばってみようと思う或る朝の眼はひらかれてファの音がする

牛乳の白に予感を覚えつつ確かにそれは牛乳である

大辛のレトルトカレーをがっつりと食う週末の予定調和に

錠剤を飲み込む水のやわらかし夕陽の粒はちぢんでのびて

仰向けに流れる雲を見ていたら私の心だったと気づく

その風に乗ってしまえと誰か言う春はわらってもっとわらって

「われ」という宇宙の中へ降ってくる詩よさりさりと光のごとし

ブロッコリー

新品のノートの匂い嗅ぎながら次の一歩を考える夜

夕映えに消えてゆくのは空なのか私の声かあなたの声か

「らしさ」とは何であろうか桜散り新しき日の新しき道

「楽しめ」とブロッコリーが言うのです熱いシチューの中で何度も

よかった。よいことがあった。

降り出した雨の気持ちは知らないが一握りほど上向く気分

ゆっくりと溶けてゆくのだアーモンドチョコ一粒と今宵の月は

「ちろ」というやさしい猫が居ましたとふと前置きをしたきことあり

眼の奥で小さな風を待っている少年だったあの頃のうた

ゆうぐれが「光の森」という街に降りてゆきます。ですか。ですよね。

夢だろう映画とそして街の灯と缶コーヒーの匂いの夜は

空想の街へゆっくり歩きます胸にジョーカーまっすぐ入れて

火を点す消す点す消す点す消すそうしてわれは舟を進める

黒猫は己の影を踏みしめてゆくのであろう銀色の月

雨粒よしよし

ケータイの細く鳴る朝あまつぶのささやくようにとけてゆくあさ

その朝はららら不思議な気分にて少し長めに顔洗いおり

いつか。どこか。

仄白い器のごとき町だろう記憶の中をあなたは泳ぐ

行くバスのテールランプは呟いて雨粒よしよし今日はよしよし

搾り出す絵の具のチューブ黄の色よ猫になりたし雲になりたし

ついわらうテレビの中の空回り君も君もただ一生懸命

ニュースを読む君は愉しい人だろう鉄腕アトムのような髪型

漢和辞典引く指の指まただなあ感触ばかり確かめている

涼しげなスイカが丸くあるように何処かの渡り廊下にデジャブ

坂道に黄昏時にあの夏になかったんだよ、　たぶん答えは

II

かんがえる

ああ合図しますかバスは生真面目に左へ　わたしは空論の中へ

まず足してそれから引いてかんがえる出ない答えをかんがえている

降りますとボタンを押せば運転士の鼻のあたまにうごくものあり

宵の町なかったことにしたきことばかりがふえて気づかないふり

内側を漂う赤き雲ひとつ見ておればその赤さは動く

混沌のメール打ち終え送信すコーラを飲んで息一つ吐いて

眼をあけて眼をとじるまで続いている線路のような現実だろう

歩きながら思った。

日の沈む音は小さい　コンビニの前のポストの赤さふくらむ

鈴虫は鳴いているのでありましょう夜の窓辺に沁みてゆきたり

久しぶり。元気ですかと書けぬままぽつりぽつりと町の灯に浮く

転位する悲しみなれば窓辺にて歌詠むのです朝がくるまで

一つ歳を重ねて鱗雲をみるああカーブする空の金色

潰したる小さな黒き虫のおりその一点をティッシュにつつむ

ただしい顔

長き世の行く末ふいに思うとき雀の家族ちちちと通る

大銀杏色づく前の数日を穏やかであれ鼻の先から

カラカラと夕べにまわる風車この郷愁に薄荷の匂い

メモ紙にチェックすることを二三書く座り直してまた二三書く

前を向く。顔を上げる。

理由付けできぬ想いがたたたたた含まれており夕陽の赤に

さみしさに角度はあらず道の辺の夕月はるか黒き鳥ゆけり

夜の窓ただしい顔がわからなくなるみっしりと蟲の鳴く音

夜の眼に雨は

肌寒き夕べの町に振り絞る声などなくて帰路につくわれ

仄白き夜の澱みを照らしたり電鉄バスのヘッドライトは

逆剝けのこころだろうか木枯らしの坂をのぼりてのぼりきり　熱

ならぬことばかりだなあと呻きたる男を浅く照らす三日月

冬の月ひらかれているはずだった君を思えば窓をおもえば

夜の眼に雨はみえずにまぼろしの少年の差す傘ひとつ見ゆ

メロディーを（ゼブラゾーンを）踏みしめる靴音だろう風を呼ぶのは

耳を立て聞きいる十二月の風　葉のない木々と葉のある木々と

青色の車、フルーツ、猫、ラジオ、ささやいていたひらかれていた

匂い立つことばはあるか夕雨のポストに落とす封書一通

サンタクロース

世界中十二月なり。白き息吐きつつ歌う少女のギター

おそるべしサンタクロースの念力よ我が一家にも団欒のあり

悩まずに雪は降りますとりあえず配達人のほの赤き耳

ごめんごめん黙々と引くこの冬の辞書はやさしい顔をしている

マフラーを巻く巻きながら寒空の下から固い決心を見あげる

降る雪よ路面電車はカタコトカタコト夢を抱えた少年を乗せ

「目撃者を捜しています」の看板に冬のさみしさ一つ反射す

土色のシャッターおりる時計屋のタイムイズマネーでない夜のかお

コンビニの蛍光灯に指先が溶けそうでわしづかみするパン

肉まんの味が満ちたる口の中ほふほふ（いまはなやまんでいい）

診察に名が呼ばれたる昼下がり今日言うことを数えつつ、ゆく

「思想」なのかもしれなくて冬の日の鴉が遠くみているモノは

ちっちっと舌を鳴らしている人と無言で歩く夜の公園

ゆ　め

ゆめ、夢、ゆめ、夢のしたたる小夜の灯を心行くまで眺めておりぬ

あの頃を数えてゆけば小春日のベンチにゆれる君のくちびる

ならばまだやれるだろうか全文を読み終えたあと長く吐く息

被らないキャップが部屋の隅っこで薄く目をあけ「戻らないか」と

（ちさき鳥こんなところでなにしてる？）夕陽の町に夕餉の匂い

妙なこと言うもんだねと目の前の君の鼻先ばかりみていた

冬真昼の四角い部屋でゆっくりとセーターを着る私の背中

リコーダーの淋しき音を夕焼けの断片だろうと思う耳たぶ

表現は灯りの奥に揺れていた夜がそのまま夜でありつつ

この一つぶん

晴天を向いて歩けば一本に結ばれてゆく私の思考

仄あかるい外の空気は清々し猫のあたまも膨らんでおり

致し方ない。

みる窓の昼に何でもないことが気になっているカルピスを飲む

薄青のそら見あげれば一粒の私を揺らす今日の光よ

昼の湯にぷはーと浸かりこの命この一つぶん空をみており

昼下がりの神社に風のゆく道のしずかに在りてふいに目を上ぐ

子供たちのはしゃぐ声がまぶしかった。

水彩で描いた絵のよう子らのもつ話し言葉にせまる夕ぐれ

あの日のことば、声、

しゅんしゅんと春なのですね雨音が君と出会った校庭に降る

囁きに耳を澄ませば電柱のきみは月夜に照らされて、夢

厨にてシチューーを煮込む母の背にぽーんと今日の出来事を言う

ひらいてとじて

カレンダーにたんぽぽぽぽと描いてあり淡い淡いとあの日がわらう

独り言のように小さき雲は浮くぽっぽっぽっと四月の空に

風船の頃の記憶の切れはしが飛んでいくのが見える　がんばれ

夕刊の明日の運勢△は足の指先ひらいてとじて

不甲斐ないやっぱし不甲斐ないのだよのど飴を舌で転がしながら

夜夜夜夜夜街光りますます滲みますわたしはバスのはらわたに浮く

分からないことばかりなり眼球の奥の花壇に滴する雨

条件反射

透明な一日である「がんばりや」どっかであんたの声が聞こえる

約束はペパーミントの味がする自転車のベルちりりんと一つ

夜さびし音楽会のポスターのあかるさだけが追いかけてくる

また消えてまだ見ているがまた消えて起きてまた消えぇ夢ばかりみる

眠れないひと。

空想の中の私は棒である落ちないように時計を合わす

庭に咲くツツジの赤きあかるさに何でもないさ忘れてやるさ

ゆえにまだやれそうであるメンチカツに条件反射でひらく舌先

そこに在る粒も粒ではないだろう二丁目公園に降りしきる雨

雨、雨、と繰り返すとき手のひらに握られている小さな歪み

理由などなかった朝と昼と夜とことばをほぐすしずかなみぎて

光は匂う

炎天をうごく無数のものたちの無限に近い未来まぶしい

蟬時雨未だに耳の耳のなか誰も悪くはなかった夏の

雲の上の雲の上からまた雲がでてくるおおお小さなおおお

私はわたしですらない。

渋滞中の楽園だろう「死ぬ」という肉体をもちひたすら歩く

原点を忘れぬように準備するバニラアイスは仄かに甘し

ふむふむと踏めば賢くなるらしい夜道の先に「ふむ」と呟く

色々な考え丸くならぬかな。夜明けの窓に光は匂う

雨上がりの町の空気を思い切り吸い込むのだね遠い約束

手作りの梅ジャムの香の儚さに鼻の内側ひくひくとせり

煩悩の数。
八月の終わりに無心になりたしと百八つ百八つ二回数える

唐突に躍動感の出てきたか、と思えばしぼむ思わぬが良し

答えなど始めからなかったように青きバナナのしずかな匂い

雲、浮かぶ部屋に

いつから窓が孕んでいたのだろう　午後三時半ゆめタウン前

夕ぐれの向こうに君をんっ、んっ、とみている夏のアセロラソーダ

振り切れよ。夜の滲みに声がして町　ひからせて自転車をこぐ

窓辺からみえる花火はドォーンドォーン　罪　駐車場　君のくびすじ

もうずっと会えずに小雨ふりそそぐ夜に小さな角度が灯る

呼び戻す呼び戻される窓の外にひゃりり、とちさき声だす君よ

くりかえしくちびるだけをかさねあう果肉のようにガストの光

文脈の外で傷つかない振りをしている狡いわたしは青い

ぽろぽろと廊下に落ちる死神はポケットティッシュでくるんで捨てた

のであるかならないのかは続いていてメールに浮かぶ「たぶん会いたい」

離れてゆくテールランプを見送ればざざざざ風は風の中に吹く

パチンコ屋の灯りぶーんと沁みる夜の挿入歌だなこの三日月は

夏の午後バニラの香りする声で君は「婚約したの」と言えり

(耳元にささやく鳥がいるだろう?)ああそうだね、雲、浮かぶ部屋に

（理屈じゃあたぶんなかろう？）ひと夏の直線的な生き方だ（だろ？）

町外れのガストに刺さる熱の芯うまく言えない君は訊かない

シロップのしたたるようなこえがしてしろきほのおはほそくゆれたり

八月の君に悪気はなかったさバス通るたび電柱が啼く

向日葵の萎びた道ですれ違う元気だよ　うん　とりあえず　げんきよ

めのなかにまどのひかりがゆれていたちいさなうたがぽつぽつできた

（本質は？）（振り幅は？）（まず本当は？）雨の表皮が剝がされて　音

みるようでみない七時のＮＨＫ食み出している社会のしゃ　しゃら

今宵またこころに舟を浮かべたら（囁きささやき）君は通るね

もう居ないあなたが笑う（また笑う）ハンバーガーはてりやきのまま

そして夏　入道雲であることを忘れて昼の床にふくらむ

負けん気が西瓜の匂いさせながらぬんぬん夜の県道をゆく

ならぬままひと日が終わり耳の奥に突っ込んでいる綿棒ううう

駅前の行くほど行けぬ路の上で「ジャンプ」を拾う　月がみている

正面にコーラ、灰皿、抽象画、辞書、ボールペン、矜持、これから

昼の風にことばはゆれているんかなあ　南の窓にみえる夏草

Ⅲ

小枝の先っぽ

庭の土を踏めば静かに動いている秋のいきもの秋のしょくぶつ

そうこうしている内にもう三十分経ってしまった　コーヒー苦い

こんにちはと受付で言うわたしにてこんにちはーとかえすひとあり

十七時五十二分の空をみる鳥、小鳥、鳥いそがしそうだ

中学生の頃は陸上部。

クラウチングスタートだった少年の夕陽の奥に青いスパイク

出会いとは一期一会というものは揺らぎ小枝の先っぽの雨

そんな日もこんな日もある胸に手を当てて（何にもかんがえてない）

輪廻転生

結論はさざ波のごと近づいてくるのだろうか眼鏡を拭う

眼をとじる　仕方なきことひとつふたつ雨の夕べに白く滲みて

梨ひと切れ口に放れば打ち寄せていた苛立ちをしばし忘るる

雨よ雨よその明るさよ（芽のように）深夜ラジオを点らせている

微笑みて君が手をふりわれも振りささやかなれどどこかうれしく

鱗のように照る帰りみち月光はムーンライトになりてゆくらし

草はらの夜をしゃらしゃら秋の風ああよかったと声は洩れたり

輪廻転生　鳥一羽二羽黒きまま飛び立ちてゆく風音の消ゆ

みえるものと見えないものがある。

やがて窓に映る世界は美しく、うすくまばたきしつつ見ていつ

在り方はその一心に宿りおり雨の街路に薄明かり見ゆ

きっちりと

安易かどうかちょっと気になる午後三時ホットコーヒー喉を通過す

やったーと思わず言ってしまうことが少なくなりぬ手の爪を切る

フライングするのが嫌できっちりと白線を引く足下の日々に

姿はみえない。あなたは誰だ？
薄曇りの窓の向こうに不確定の不安、ふぁんふぁん犬が鳴いてる

少しずつ気になることを気にしないように秋草ゆるる道のり

面白き男テレビに映りいて笑えぬはずの夜を点せり

いつぞやの答えは知らぬままでいい背筋を伸ばす幹の太さに

綿棒

様々な「さ」があるのです。さりさりと淋しい坂の昨夜の細雨

綿棒の白き長さを見ていたり充分すぎる十年でした

黄昏を詩人にさせてこの街の路面電車はカタカタとゆく

飲むように噛むように見る雨の町これからなのかここからなのか

ふうふうと言えば確かにふうふうと耳に聞こえるキムチ鍋なり

あれは青き過ちだった見ぬふりをしてくれし君、風の鳴く音

いやあ、なに大丈夫さと君は言うポップソングを歌うみたいに

一つ上の姉は京都に住んでいる。

核心をつく姉様の助言ありてあああありがたく頂戴します

前後左右の神は静かに唇を湿らせている夜明けはまだか

追憶の街にぽつんと立ちている青年まだだまだだ青年

ささやか

冬、そしてそして私は靴音を踏む夕闇をひとつ抱えて

少年が貪るように読んでいる漫画にちさき光の射せり

天気図におもったり思わなかったりしながら今日も雪は降らない

にょきにょきと言えば芽が出るような日にいつもと同じ暮らしをしてる

一杯のかき揚げ蕎麦をずずず、ずず本日は今折り返しです

ああ寒くなりましたねとユニクロの前で会釈をしている人よ

バス停に夜の湿りをまといつつ思考するごと時刻表立つ

パチンコ屋の明るいドアをくちびるを尖らせ君が出てくるところ

サイレンは遠くきこえる　したたりて落ちてゆくしかないのだ雨は

どうなっているか。どうなっていないのか。

十年後も小さな日々を暮らしている私だろうか窓に吐く息

「焦るなよ」神の虚ろな声がするあともう一歩踏み出すまえに

透明な夜がつづけばひと月のまた次のひと月のささやか

運勢は△らしい。夕雲の流れに沿って自転車を漕ぐ

冷えますね

バスが着くまでに上着のポケットにかるく入れたり出したりする手

冷えますねと言いつつあくびする人の「ね」に人柄が少し点りぬ

ここからはイルミネーションきらきらと忘れちゃいかんことを忘れる

楽園の花のひとひら降りて来てそっと眼を閉じる冬の鴉は

コンビニを出でて小暗き道ゆけば「温めますか」の「か」が冷えてゆく

いつからか諸行無常の風の中にとろおりともる街灯一つ

ありがたいですねとメールをぽっぽっと打つ早春の粒を吸いつつ

＊

熊本地震

二〇一六年四月十四日、前震。

えっ、わわわわ夜九時二十六分に大きく大きく揺れる熊本

テーブルの下に父、母、われ必死にうずくまりたり「よかね、大丈夫ね、」

ケータイがギューンギャーンと鳴る中にわれら地震の過ぎるを待てり

そののちのテレビに映る光景にああこういうことなんだ我ら

四月十六日の本震は凄まじかった。

熊本城天守閣の瓦ぼろぼろにああぼろぼろに崩れ落ちたり

心もとない一週間を過ごしたりしかし余震はつづく　しんどい。

春の雨

できぬならできぬと言おう納得のできる範囲を守りつつ、今日

そのメール、五分後の部屋、窓、コーラ、煙草、指先、昼、やわらかし

陽気にてゆるむ頭に致し方ないのですよと庭に咲く花

春の雨あなたのようにちろちろと降ればやっぱり切なくなりぬ

がんばってくださいと言われ帰り道ひたひた月のおぼろが滲む

雨の宵また軒下で野良猫が人語をぐっと飲み込んでいる

曇天にくおんくおーんと泣くように啼く犬のいて姿は見えず

やがて散る花の香りは花のうた口ずさむとき降りかかりたり

ひいふうみい流れてゆける雲の春やらねばならぬことのいくつか

提灯のような淋しさありました夜の路上が濡れていました

不規則

午後一時。黒きコーラの泡はただ泡としてあり泡として消ゆ

肥後銀行にて。

駅前の銀行のドアは開いていていてしゃきしゃき下ろす五万円ほど

不規則によろこびながら不規則になやんでもいる日々腹は減る

苛立ちを置く場所がなくぱんぱんに顔ふくらまし飲んでいる水

午後五時にようやくようやく問題を一つ解決したる頭よ

踏切の夜の向こうにぽってりと月の光はありぬ　どうする？

熟慮。

ねばならぬ事は決して多くないぬーぬー夜の窓の内側

「何もない何もないよね私たちわたしたちってなにもないよね」

昨日から今日にしぼみてゆくこころ夜半に聞こゆる誰かのくしゃみ

ひとりずついなくなりますぎんいろのあしおとだけがみみにあります

ざらつく

ぽたぽたと心の水が落ちてゆくたった独りの戦争もある

意味に手を伸ばすみたいに咲いているヒマワリ　風の細く鳴る路

よかったかよくなかったか日の暮れてざらつく町を左へ曲がる

かんたんにかんちがいしてああこりゃあまいったなあとおもうわたくし

夜の水、ぴちゃぴちゃ舐める舌のありしばらくやみてまた聞こえ来ぬ

少しずつ思い返して持ち直すための四時間だった　了解。

つぷつぷとこのまま朝の微睡みに溶けてゆこうか満ちてゆこうか

「現実は甘くなかよね」ゲジゲジの眉の男がぽつりと言いぬ

唇が淋しいような部屋だった夏の過ちのような顔つき

さざ波が聞こえるように八月の耳はわたしの孤島に浮かぶ

頭からムニッと今日がはみでてるようでいったん風呂入ります

真夜中に世界がふっと浮遊してふっと戻ってくるまでのふっ

震災、その後

比較的良好ですと言うたあとに「でも」と付け足すわれは主治医に

野良猫は不敵な笑みを浮かべおりああよかったとあるいていたら

うにゃうにゃと絡み付きたるモノノケのような不安が過ぎるまで待つ
待つしかない。

堪らぬなあぼそり呟く夏の日のいのち入道雲は笑わず

八月はくるしくないがことば生む手つきが妙に慣れすぎている

嗚呼いったんは落ち着かんとな三ヵ月のちを涼みておりぬ自室に

地震のこと己を奮い立たすごと汗拭うごと話す人あり

昨日からすこしく風の鳴る音がやわらぐようでこころはそよぐ

夕焼けが熊本城を照らしけりそこまでのことここからのこと

追伸　いつか笑った日のことを思い出します夜が明けます

IV

三日月が小舟

青き夜の声がひしひし降っていて横断歩道(ゼブラゾーン)を早足でゆく

何かから何かが抜ける　ちりちりと時が流るる　サイレンの音

ひどいなと今日のニュースに幾たびも思うたがおもうのみにてしずか

一歩ずつ現実なれば一歩ずつなにもなかった訳にはゆかず

雨の降る闇から傷が消えてゆきうすむらさきのあさがくる　ゆめ

秋の夜ちいさくひらく風の道ああ一人とは独りなりけり

三日月が小舟のように浮かびたる夜を仄かな灯火とせり

しゃんと踏まねば

秋果つるまで鈴虫は鳴いている君の助言は正しかりけり

夜の算段したれば苦く小夜更けて行けども行けども南無三である

ひょっとこのお面のような悲しさのやがて降りくる街路　急がねば

昨日までに想定できない困難はやだなミルクに蜂蜜垂らす

雷鳴けり　小骨静かに刺さりたる「生涯」という言葉かなしも

しかしなんて青みがかった夜だろう散歩コースをしゃんと踏まねば

隣人に会釈する宵、二丁目にひとつあかるむ声を発して

パンにイチゴジャムをしっかり塗っているたのしんでいるかみんなげんきか

ミュージックしばし聞きいて口ずさみ始める夜半は鳥の如しも

社会ギシギシ軋む音ありギシギシを聞かないように洗う耳たぶ

時雨かな頭でっかちなる我の夕べに黒き傘濡らしつつ

雨のバイパス沿いは魔界へ続きたり交番の灯は赤く血のいろ

「最近はどう?」って君の挨拶にファミレスの水すこし飲みおり

ちゃんとしていたい。靴音ひびかせる詩のありさまはきっちり見たい

風音は並木通りの黄葉をひらいてひかりながら消えたり

サヨナラ

ＹＥＳ。また始まる朝にさなさなと喉を潤す一杯の水

描いた絵がそれぞれ息を吸うように笑っておりぬ朝の陽のなか

思うようにいかんのです、と十月を踏みしめているはずだった足

月に一度の通院へ。
明るめのブルーのシャツを着ていたり世界はたぶんまだ終わらない

薬局を出てて小さな袋下げ雲の向こうの家まで歩く

スルーパスみたいだなんておもうとき神はよゆうで外側にいる

ほろほろと橋を渡りてゆく人の鼻唄よろし風の夕べに

おもうときおもわれるときいくつかのよるはやさしいつきよであろう

涼風の夜にひとりを鳴らしつつコンビニエンスストアの前を

走り出すバスの窓からみえたのは手を振る君のたぶん、サヨナラ

蜜柑の皮

月光が沁みいる夜の公園のベンチに座り耳たぶ二つ

いつかただ壊れていったもののため瞼をとじて小舟は浮かぶ

しんしんとだあれもいない夜道なり鉄骨カーン、コーンと鳴れり

靴音の夜……。

霧雨の街にぼわんとわれのかお歪みつつ黒き傘を差しおり

友がもう友でないこと夜は更けて蜜柑の皮を少しずつ剝く

ひとひらの感触　窓は何処までも白き光の中にありけり

ふー今日はふー疲れたと言いながら湯気熱々の水炊きうまし

NHK紅白歌合戦。

あっあっという間に過ぎし一年よ余韻をもって紅白を観る

年頭に読んでみるべしみるべしと仄暖かい部屋に置く本

時々のうたは光や風や樹や雲になるのだ私のそらで

ただ夜の静けさのなかヒトという悲しさのなか寝床あたたか

遠く遠く聞こえてますか窓の外に千年のちの夕焼けが見ゆ

ドリンクバー

楽団が深夜の街に降りて来るマジシャンのごと指を鳴らせば

ほんのりと薫る明日を感じおりコンビニを出て踏み出す一歩

ファミレスにて。

ドリンクバーの灯りしみますにじみます林檎ソーダをぐっと押したり

思い出すうすももいろのくちびるできみがわらってないてそれから

ひとひらの雪舞い降りて来たるらし甘き香のするパン屋のまえに

十五年ほど通っている散髪屋がある。

冬の日の客の一人としてわらう駅前にある理容師の店で

薄明かりの窓辺に立ちてあとさきのその先にある言葉をさがす

鼻先が鳴る

偶然の交差している街だろうスンスン、スンと鼻先が鳴る

菓子パンの袋が風に飛ばさるる真昼ちいさく肩を回して

歩くひと笑いたるひと悩むひとコーラ飲みつつ歌を詠むひと

やっちまったか雨の降るなか傘のなかわたしがなかの人として在る

雨音は甘くささやく声のように夜の舗道にたたたんたたたん

すぐそこに君がいるはず雨降りのバス停に今降り立って今

この窓にふと見あげたる悲しみを舟がゆうらり渡ってゆけり

艶やかな歌きこえ来てふと思うことなどあったはずだ真夜中

夜一時、二時にもうすぐなるところほっと一息しているところ

桜咲く夜の公園まぼろしは仄かに人のこころを灯す

ベクトル

ぷかぷかは空に明るく浮いている小さな雲のことだとおもう

問題はないよと軽く言いながら昼餉のパンにジャムを塗りおり

この白きホットミルクを飲み干しぬそりゃそうなんだけれど十五時

テーブルに新聞ひろげ読みたればざくざく動く今日の社会は

考えてことばを話す考えて結論を出す　半熟たまご

ひとが多いと緊張はする。

尻尾まで沁みる部屋なりやわらかき点を打つごと椅子に座れば

輪郭は果実のごとし枝に葉に思考の滴したたる真昼

この先は曖昧なるよ紫の野花言いたり通りすがりに

苛ついた気分はいつか消えていて黒きコーラの泡のぷちぷち

夜九時のやや柔らかきベクトルをたしかめながら読む「短歌人」

「あ」の言葉

銀色に光りて夏のビルがあり口を開いて人出すところ

突風か。ひゃっと声出し帽子追うひとの瞬発力を見ていつ

夏草は気づいているか小雨ふりはじめる宵の淋しき窓を

遥か遠くあしたがあったちらちらと夕日と坂と工場の町

違うとは言えずそうだよとも言えず缶コーヒーをもらって帰る

飲み込んだ「あ」の言葉から察すれば君には君の事情あるらし

窓をあけしばらく町の音聞けば夕風ひりり、ひりりと鳴けり

そして、謎は生まれるだろう月光のバス停にいまバスが着きたり

九回裏二死満塁に空振りの男の「くっ」と出る声の先

メモ紙に書きし予定を終えるたび赤きペンにて印す花丸

ストレッチ毎日します筋トレもそこそこしますすそよ風が好き

岩波国語辞典引きおり足早に言葉の森を歩みゆくごと

日に焼けた子ら跳ねながら朝顔のあおむらさきを通り過ぎたり

天を仰げど

一息に野菜ジュースをのむのむと喉鳴らしつつ飲む夜もあり

改行をするごと風呂でガシガシと身体を洗うこんなにも　夜

友が手を大きく振りてくれしかなあの時もあの時も夜のバス停

立ち止まり天を仰げど薄っぺらの雲しかみえぬ十月しかし

お疲れさまでした、 と言えば秋の風ああやわらかく生きねばならぬ

この命しばし月夜に照らされて心の舟はゆっくり進む

約束

幾たびも力もらいしカツカレー迷わず選ぶ昼の食堂

我が町の夕べ冷えおり　バス降りてバスはさみしきかたちにて去り

ジャンプするつもりはないがホップする気持ちはすこし　黄昏に軸

もう会えない人。

茜色の橋を渡ればひりひりと思い出さるる約束がひとつ

ひとつずつ消えてゆきます許されていた夜のこと君といたこと

賢くはならんね一つ落ち込めば揺することしかできぬこころよ

三日過ぎ四日過ぎああ五日過ぎ悩みしことがほのほのと消ゆ

灯りは人々を照らして。

ふゆ、いつか、だろうね、たぶん、たくさんの声ふりつもる夜の街角

真夜深く眠りていたり運命の向こうに舟をこぐ人の見ゆ

ああ路上ああ風の音どこまでも夜のひとりは群青をゆく

鳥になる

深く夜、神はわたしに言ったのだ果実を持てと言葉を持てと

あがくほど心は濁りこの部屋にぢがぢがとする夜のからだは

胸を張って生きねばなあと声がする　とぼろとぼろと行けば天から

受け入れるということ木々とささやきと風にそよいでいる帰りみち

なーんにもわからなかった仄暗き町に橙色の灯ぽつり

未明の窓に赤く大きく光る月　どこかとおくでうたがきこえる

夜の神が階段カカカ駆けて行く白き靴音だろう朝焼け、

やわらかに風吹いており現実は小石のように転がるるるる

そよ風の細道に鳴る鈴の音をしばし聴きつつ異界へはいる

夜の底に落ちしビー玉ひとつずつキラキラはねて　やがて　鳥になる

濁りゆく夜の深きに白き蝶ひとつ点りて消ゆるまで見つ

午前一時の耳にしばしば聞こえたるモノノケのこえ　はよう帰らな

*

あかるいほうへ

一日は一歩でありて道のりに小(ち)さき予感を見あげたる我

静かなり呟く朝の窓辺にてさ迷う詩(うた)の背中がにじむ

垂直に落ちる雨、雨、カナシイカカナシクナイカ知る白き花

日常を踏む揺れる踏むまた揺れる踏む何度でもあかるいほうへ

夕ぐれに浮かぶ魂一つぶん生かされ試され手のひらの上に

月明かりのかたちの夜は眼を閉じて聴くイメージのささやく音を

真ん中に頷く声の太くあれ町の灯、あした、人を思えば

朝よ陽よ手紙のようにひらいたら指の先から滴ることば

新しき靴のひびきの前を向く炭酸水のごとき夏あり

葉にしずく手の中に風一点の抒情は深く呼吸しており

跋

感想すこし

小池　光

古賀大介さんは、一九七二年の生まれだから四十代なかばくらいの人である。二〇一〇年に「短歌人」に入会して、月々の歌稿をわたしに送るようになった。原稿用紙に楷書の読みやすい字で手書きした歌稿である。歌はたくさんある。そのうちから五首、六首に丸をつけて、次の作業の任にあたる編成者に送る。そういうことを繰り返して八年ばかりも経った。古賀さんは思うところあって、このたびはじめての歌集を編むことを決意した。これまでの縁から、わたしもここに少しの文章を綴る。
集なかばあたりに「熊本地震」と題された一連がある。

テーブルの下に父、母、われ必死にうずくまりたり「よかね、大丈夫ね、」
ケータイがギューンギャーンと鳴る中にわれら地震の過ぎるを待てり
熊本城天守閣の瓦ぼろぼろにああぼろぼろに崩れ落ちたり

作者はずっと熊本に住んでいる、らしい。さきほどの熊本地震を自宅にいて体験した。その折の経験をこのようにリアリズムタッチで表現して、臨場感高く、それぞれいい歌になっている。「よかね、大丈夫ね」という熊本弁が過不足なく生きている。テーブルの下で固まっている家族三人の様子が、ありありと目に浮かぶようである。

しかし、こういう率直にリアリズムに立脚した短歌は、この歌集のなかではめずらしく、例外的といっても過言でない。

多くの歌は、このように体験や経験を後追いして成ったものでなく、もっと言葉自身によって出来上がっている。たとえていえばジグソーパズルのピースをどさりと机の上にばらまいて、それを数片組み合わせてあるかたちを成せば出来上がりとする、そんなふうに言葉を捌く作業が、古賀さんにとって作歌なのではあるまいか。

そのジグソーパズルの有力なピースが、オノマトペだ。独特な使い方を見せる。雨がザーザー降る、風がそよそよと吹く、犬がワンワンとなくといった慣用表現のオノマトペでなく、見たことも聞いたこともないような、作者独自の発明によるそれが、歌集の至るところに散らばっている。

窓の灯にそれぞれ暮らしある事をほつほつ思いほつほつ歩く

靴下を穿く脱ぐなどを繰り返しつつちちぷぷと一年は過ぎ
肉まんの味が満ちたる口の中ほふほふ（いまはなやまんでいい）
夕ぐれの向こうに君をんっ、んっ、とみている夏のアセロラソーダ

それらの一例を引いてみる。一首目、「ほつほつ」というオノマトペは作者の創作ではないかも知れず、オノマトペ辞典などには出ているかも知れないが、こういう用法は作者固有のものだろう。二度繰り返しがなかなか生きていてふつうの当たり前の生活への屈折した諦観が感じられる。

二首目の「ちちぷぷ」はまったく作者の創造で、よくわからないが、しかし、なんとなくわかり、思わず読む側も「ちちぷぷ」と口にしてしまいそうだ。靴下穿いて、靴下脱いで、「ちちぷぷ」と一年過ぎる。ちょっと悲しく、ちょっと馬鹿らしく、おもしろい。

三首目の「ほふほふ」も作者の創作だろうが、熱い肉まんを頬張った感じが出てる。この歌もおもしろい歌で、括弧内の述懐が正直に受け止められる。

最後の「んっ、んっ」にはおどろいたが、これは何だと思って読んだ。夏の終わり、青

春の終わり、遠くに「君」の残像を見てアセロラソーダを飲む。そこまではまっとうだが「んっ、んっ」には参るのである。
　もっとどんどんあるので更に引く。

駅前の銀行のドアは開いていてしゃきしゃき下ろす五万円ほど
夜の水、ぴちゃぴちゃ舐める舌のありしばらくやみてまた聞こえ来ぬ
負けん気が西瓜の匂いさせながらぬんぬん夜の県道をゆく
やわらかに風吹いており現実は小石のように転がるるるる

一首目、「しゃきしゃき」はきっと新札で出てきたのだろう。そう思うとなかなかリアリティがある。二首目、これは猫だろう。犬ではない。猫の水を飲む音は独特の魅力あるものだが、たしかにこのように間を取りつつ飲む。もう飲み終わったかと思うと、また飲み出す。長く長く続く。夜は深い。三首目の「ぬんぬん」は作者の独創。「ヌンチャク」という道具があるが、そこからでも来たか。物騒な感じがして効果的だ。国道でなく県道

であるのも場所取りがうまい。
四首目はオノマトペでないが、「転がる」がそれ自体で転がって、語尾の「る」が「るるる」と繋がってくる。作者は明らかに、この歌のように、言葉それ自身と遊びあい、戯れあいして、それが一首の歌になっていく気配である。

日に焼けた子ら跳ねながら朝顔のあおむらさきを通り過ぎたり
提灯のような淋しさありました夜の路上が濡れていました
シロップのしたたるようなこえがしてしろきほのおはほそくゆれたり
「楽しめ」とブロッコリーが言うのです熱いシチューの中で何度も
パチンコ屋の明るいドアをくちびるを尖らせ君が出てくるところ

オノマトペとは別にこんな歌が印象に残った。それぞれ真っ当で、いい歌である。よき読者を持つだろう。古賀大介さんの第一歌集の上梓をよろこび、これからの行く先の新鮮な健闘を思い、ささやかな小文を閉じる。

あとがき

構成は編年体ではなく思うところによって並べています。二〇〇九年から二〇一七年（三十六歳から四十四歳）までに「熊日歌壇」「ＮＨＫ短歌」「短歌人」「虹」などにそれぞれ掲載された作品から四四四首を選び、再構成しました。そしてその中には今まで各短歌新人賞などへ応募した連作のいくつかが含まれています。

そもそも私が短歌を作るようになったのは、ＮＨＫのラジオ番組「土曜の夜はケータイ短歌」への投稿がきっかけです。二〇〇五年四月から四年間、毎週欠かさず投稿し、歌の面白さ豊かさ痛快さを知りました。ラジオという気軽さとテンポの良い番組進行。何よりそこに関わっているスタッフや司会者、歌人やゲストやリスナーがとても真剣に番組を楽しんでいました。この番組がなければ、私は短歌を作ることも、その喜びを知ることもなかったかもしれません。

それからしばらくして「短歌人」に入会することになるのですが、全く考えていなかった短歌の奥深さというものを毎月の結社誌を読んでいく中で強く感じていきました。さまざまな歌のかたちが「短歌人」にはあり、自分の芯さえしっかりしていれば、自由に自在に短歌を楽しめることは大きなよろこびでした。そののち、熊本の「虹」という同人誌に参加します。そしてそこで日々研鑽し合う短歌の仲間たちにも出会うことが出来ました。まさかここまで短歌を続けられるとは当初は思ってもいませんでしたが、〆切が生活のリズムになり、何より充実した誌面を毎回楽しみに待っていられたことが、今現在の短歌の日々に繋がっているのだと言えます。それは私が生きていく上での大きな力にもなっていきました。

その時々の暮らしの中で息を吸い、息を吐くように生まれる歌は、「私」という物語を強く引き寄せていきます。ここまでの四十数年間に、さまざまな場所で出会った人やモノや町を振り返り、思い出し、そして繰り返しイメージし、歌にすることは一つの快楽であるかもしれません。今までいろいろあった人生ですが、いまこうやって自分の作品を第一歌集として上梓できることは喜びとともに仕切り直しという面もあります。ある意味、茫漠とした私の「今」をどうにか成り立たせてくれている歌を、こののちも信じて続けていきたいのです。短歌という器にいくらか満たされている（はずの）心があれば、一滴のことばを大切に出来れば、と最近はとりとめもなく考えたりもします。

三日月が小舟にみえる、そんな夜には歌をしずかに思います。打ち寄せられた言葉たちは小さな明かりに照らされて「今」の私を許してくれるのです。風には風の、夜には夜の「今」がありそういうふうに私も在りたいと思っています。

この歌集を上梓するにあたって、六花書林の宇田川寛之氏には大変お世話になりました。装幀の真田幸治氏にもお力添えをいただきました。そして歌集の跋文を書いてくださった「短歌人」の小池光氏に深くお礼申し上げます。

二〇一七年十二月

古賀大介

著者略歴

古賀大介（こが・だいすけ）

1972年　熊本市生まれ
2007年　短歌研究新人賞最終選考通過
2010年　「短歌人」入会
2011年　熊本県民文芸賞短歌部門一席
　同年　「虹」入会
2012年　熊日歌壇年間最優秀作品
2014年　短歌研究新人賞最終選考通過
　現在、「短歌人」「虹」所属

〒861-8075　熊本市北区清水新地２－１－43

三日月が小舟

2018年 3 月 4 日 初版発行

著　者——古 賀 大 介

発行者——宇田川寛之

発行所——六花書林

〒170-0005

東京都豊島区南大塚 3 - 44 - 4　開発社内

電 話 03-5949-6307

FAX 03-3983-7678

発売——開発社

〒170-0005

東京都豊島区南大塚 3 - 44 - 4

電 話 03-3983-6052

FAX 03-3983-7678

印刷——相良整版印刷

製本——仲佐製本

定価はカバーに表示してあります

ISBN978-4-907891-57-2 C0092